GEGENSTIMME

Verlag: Edition Doppelpunkt, Wien 1999
Druck: Riegelnik GmbH, Wien
ISBN: 3-85273-065-1

GEGENSTIMME

Politische Lyrik 1972 - 1999

von

Traude Veran

EDITION DOPPELPUNKT

Aus einer Rede
des deutschen Bundespräsidenten Roman Herzog
zum 100. Geburtstag Bertolt Brechts
an der Akademie der Künste, Berlin:

Warum soll Literatur auf den Anspruch verzichten, sich in gesellschaftliche Auseinandersetzungen einzumischen? Ist es nicht Resignation, wenn man nur noch unterhalten, nur noch verzieren, nur noch zerstreuen will - oder wenn man sich auf private Konflikte, individuelle Selbstfindung konzentriert? Andersherum gefragt: Ist unsere Gesellschaft auf einmal so moralisch geworden, dass sie auf die Zumutungen und Formulierungen von moralischen Ansprüchen verzichten könnte? Ist unsere Gesellschaft so frei von Verblendungen und Selbsttäuschung, dass sie Aufklärung und Berichtigung - eben auch durch Literatur - nicht mehr nötig hat?

Ist unsere Gesellschaft tatsächlich so menschlich geworden, dass die Botschaft von Gerechtigkeit und vom friedlichen Zusammenleben oder von Freundlichkeit und Güte überflüssig geworden ist?

(Zitiert nach: Papillon 2/98, VAPET-Verlag Bochum, S. 51)

abstimmung

1998

?dafür?
eine herde
vierhörniges vieh

?dagegen?
millimetergeduckt
rascheln

?enthaltung?
trotzig
und schultern hoch

!einstimmig angenommen!

ich
enthalte mich nicht
meiner gegenstimme

walpurgisnacht, bonn 1972
bundestagsdebatte um ostverträge
und konstruktives misstrauensvotum

walpurgisnacht walpurgisnacht
tanzt um das feuer
singt und besauft euch
wälzt euch im staub
reisst euch die kleider vom leib

dennhatnichtauseinerkrisenhaftzunennendensituation hierinallerkürz
edenversuchzumachendielagezubetrachten halteesdarüberhinaus
nichtfürabwegigzuprüfen istderzwangzurverständigungunumgehbarg
eworden gemeinsamesterrainzugewinnenohnediefrontenzuverwi-
schen

walpurgisnacht walpurgisnacht
rauft euch die haare
schluchzt und erbrecht euch
fickt euren besen
schlagt euren kopf an den fels

dieinteressenunseresganzenlandesaufeinermöglichstbreitenbasis
dasschwereerbeunddieaufgabediewirzuübernehmenbereit lebensfra
gendernationzurkooperationallerzukommen dasmiteinanderfürdas-
sichabzeichnendeübermorgenjetztnichtzerstört mitallergewissenhaft
igkeitundernsthaftigkeitprüfen

walpurgisnacht walpurgisnacht
leckt eure tränen
paart und zerbeisst euch
krallt euch ins feuer
kratzt euch die haut vom gesicht
kreischt rennt flieht
brecht in die knie
spuk ohne hoffnung

das selbstverständnis der sozialdemokratie

paraphrase über die these nr. 1

des parteivorstandes der SPD vom 3.3.1974

bundeskanzler brandt fordert die partei auf
wieder stärker die brücke
zu jenen selbständigen und managern zu schlagen
die am gesicherten fortschritt interessiert sind

> sozial sind wir nach massgabe der mittel
> demokratisch im rahmen des möglichen
> wer teilt uns die mittel zu
> wer sagt uns was möglich ist
>
> volksempfinden artikuliert sich nicht
> dumpf bleibt es befangen
> doch jeder will glücklich sein
> unvernünftige masse
> so sagt sie uns nicht was möglich ist
>
> gibt es nicht die natürliche autorität
> die tradition der vernunft
> sie die dem volk die stimme leihen seit je
> sie die besten köpfe des landes
> sie sagen uns was möglich ist
>
> blind für das gefüge der hierarchie
> drängt die masse aus den tiefen herauf
> will den besitz sie verschleudern
> alle solln alles haben
> so teilt sie uns keine mittel zu
>
> in einsamer wacht halten einige haus
> den blick aufs ganze gerichtet
> aufbauend die zukunft auf dem erbe der ahnen
> die bewahrer der kultur
> sie teilen uns die mittel zu

o herr gib uns heute unsre täglichen mittel
und steck uns den rahmen
amen

über einen text zur NS-kindergartenerziehung aus dem jahr 1936

1974

es gibt themen
da bin ich nicht tolerant
und nicht objektiv
argumentiere nicht klug
und will nicht verstehen
wie alles entstand
da urteile ich emotional

da verführe ich euch
reisse euch mit
setze alle mittel ein
demagogie und tränen
herz und gewalt
da müsst ihr mir glauben

als sie dies planten
gehörte ich der zielgruppe an

1975

zehntausend tonnen äpfel
müssen vernichtet werden
zum schutz der erzeugerpreise

dreissig kinder verhungern
jede minute
auf der welt

chilenische weise

1976

1

chilenisches volk du narr
keiner will mehr wissen
ob deine fraun ihre männer
und söhne noch immer vermissen

wir haben jetzt andere sorgen
du bist nicht mehr aktuell
verstehst du - in unserer zeit
überlebt sich das alles so schnell

immer die gleiche leier
von unterdrückung und zuversicht
keiner kann das mehr hören
und wir helfen dir auch nicht

uns hilft schliesslich auch keiner
wir haben genug eigne probleme
als dass sich einer zeit für dich
blutendes chile nähme

2

einförmig hallt der tritt der stiefel
kein mikrofon richtet sich
auf die spuren im staub
vor der kerkertür
ungehört verhallst du chilenische weise

erloschene stimmen finden sich zum chor
venceremos klingt es wie schluchzen
und der wind zerstreut die gesänge
die keinen interessieren
ungehört verhallst du chilenische weise

stöhnender schmerz sind deine flüche
dein gebet das knirschen
hinter blutenden lippen
ob solcher verlassenheit
ungehört verhallst du chilenische weise

3

das lied der unidad popular stimmt ihr an
geflohene dichter
aber euer venceremos ist schon korrumpiert
denn die solidarischen massen
sind längst zusammengeschmolzen
auf ein trüppchen linker schickeria
das den dunklen schmelz
eurer schwermütigen augen
nicht mehr missen möchte

irland

1976

kinder
stürmen an gegen panzer
eine handvoll steine
setzen sie
gegen einen gurt voll patronen
wieviel PS hat der hass

olympisches manifest

1976

seid moralisten
sportler aller länder
vereinigt euch nicht um das olympische feuer
werft euer training von euch
und verzichtet auf die ovationen der welt

zeigt wahren mut
lasst euch erniedrigen
von den beleidigten
denen ihr das spiel verdorben habt

keine hymnen lasst sie hören
sondern die flüche der verwundeten
und die fahne die ihr hisst
sei rot vom blute
weist ihnen die panzer hinter dem spielmannszug
und das grauen in den augen der kinder

zerschlagt sie
die wohldosierte stimmung
erhebend und ausgelassen in kluger bemessung
mit eurem schrei
freiheit
gerechtigkeit

seid moralisten
ihr sportler

auferstehung

1977

am karsamstag im eisigen sturm
kreist ein storch überm land
wir sehen nicht mehr
die braunklebrigen lappen
der erfrornen magnolie
und wenn auch der treibende schnee
den horizont verhüllt
wissen wir doch
um blüte und sommer

am ostersonntag wird in spanien
die kommunistische partei legalisiert
mehr als vierzig jahre
hat der frost des faschismus
die blüten zerstört
aber nun bist du aufgebrochen
demokratische freiheit
und die kälte sibiriens
musst du nicht fürchten

1977

deine anthropomorphe deutung des frühlings
ist eine halbe sache dichterfürst
warum fällt sein holder belebender blick
nur auf weidenkätzchen
und nickende buschwindröschen
warum schmilzt er nicht
den hass in den augen der palästinenser
wo bleibt die heitre gelassenheit
die er in die herzen der generäle giesst
und wann gaukeln schmetterlinge
um vergessene chemische keulen
dieweil unter der linde
ein polizist
mit einem langhaarigen mädchen
über die zukunft spricht

tschechoslowakei

1977

1

es gibt keine worte
die den terror wirklich bezeichnen
die schmach der geistigen unterdrückung
artikuliert sich nicht

kluge argumentationen
und geistreiche essays
sind unbarmherziger als gewehre
resolutionen aus sicherer entferung
nenne ich hohn

die sprache des geknechteten
ist das stöhnen
die des gefolterten
der schrei

2

killer und henker sind arbeitslos
weil nicht mehr vonnöten
zur ermordung der freiheit
man unterschrieb die konvention
gegen maschinenpistole und gaskammer

ein telefongespräch und eine unterschrift
bewirken exakt und korrekt
nachrichtensperre
entlassung
delogierung

so stirbt die freiheit
in der bürokratie mitteleuropas

3

nicht mister universum
nicht franz klammer und nicht charles bronson
nicht niki lauda und nicht peter alexander
sind mein idol
der inbegriff des heldentums ist mir
ein kleiner alter mann mit dicken brillen
der ohne pose von freiheit spricht
und dabei lächelt
jiři hayek

1977

wie gleichen sich die bilder
der jubelnden massen
auf der landkarte der gesinnung
liegt äthiopien
gleich links neben chile

idi amin

1977

stimmen zittern vor abscheu
ein boxer hat einen erzbischof ermordet

na und
frage ich
versuchen nicht täglich boxer
menschen zu ermorden
unter dem beifall der menge
die kamera in grossaufnahme
schlagen sie ein auf den schädel ihres nächsten
wer weint denn da

ja aber er hat einen erzbischof ermordet

na und
frage ich
ist nicht ein erzbischof
genauso ein mensch
wie all die frauen und männer
die erschlagen werden
in den straßen der gewalt
wer weint denn da

ja aber er hat ihn nicht selbst ermordet
er ordnet nur an
dienstängstlich rennen die schergen
fortzuschaffen
was auf seinen weg den hellen schatten wirft
den schatten der freiheit
erzbischöfe und andere unerschrockene
nicht seine faust schlägt zu
nur sein finger winkt

kein na und mehr

mord in köln

1977

gib acht auf deine emotionen volk
hier wird nicht individuell getötet
nein jede leiche ist bewusst symbol
fassaden fallen unter diesen schüssen

gib acht auf deine racheschreie volk
weil dieser feind in fanatismus mordet
gestattest du dir selber aufzuheulen
und tausend qualen lustvoll zu verlangen

dies ist der blutge hintersinn der täter
zu zeigen dass du selber willens bist
zu henken ohne richter
volk

schwarzer kontinent

1977

deine pädagogen
unteroffiziere

ihre lehrmittel
maschinengewehre

erziehen sie dich
zum tode
im feuer der raketen

biko

1977

nacktheit
kann man verschieden kommentieren
von oh lala
über jö schau
bis iiiiiih

in jedem falle ist die äusserung
gefühlsausdruck
und unterliegt nicht
den gesetzen von grammatik und rhetorik

drum schluchzen deine schwestern und brüder
drum schreien sie
statt zu protestieren in wohlgesetzten worten
im anblick deines nackten leichnams
biko

auschwitz

1978

was ein lied
menschen antun kann
versteht
wer polnische frauen gesehen hat
wenn die touristen
vom westerwald sangen

kambodscha

1978

die städte
deine perlen
hast du preisgegeben
reiskörner
sind deine neuen juwelen

in pagoden
wird reis gespeichert
der totenkult ist abgeschafft

barfüssige kinder
fahren lastwagen
überleben
hat mit kultur nichts zu tun

la pasionaria
für dolores ibarruri

1978

ehrfurchtgebietende marionette
an der grenze
zwischen politik und traum
die lohe der weissen haare
entzündet im gegenlicht
des sonnenuntergangs

der blick in den osten
ist ein blick zurück

1978

wir versicherten mrs. moore
der tod ihres mannes
wäre nicht sinnlos gewesen

hat er nicht aufgerüttelt
das gewissen der welt
ähnliches
nie wieder zuzulassen

als witwe eines märtyrers
ertrug mrs. moore vieles leichter
doch als abermals boxer starben
flossen ihre tränen von neuem

bald
hat auch signora jacopucci
wieder weinen müssen

requiem für paul VI.

1978

a-----ja au-jo au-jo

a-----ja au-jo au-jo

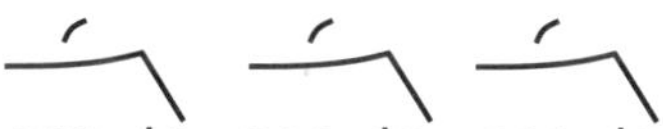

nes--to nes--to nes--to

a~~~~~~~~~x a~~~~~~~~~x a~~~~~~~~~x

exexexex

kriegerfriedhof

1979

1

auf einem stein steht
drei unbekannte soldaten
es gilt nicht als zeitgemäss
salbeiblüten
auf ihr grab zu legen

2

diese geometrische aufgabe
täuscht nicht darüber hinweg
dass die meisten von ihnen
jünger waren
als mein sohn heute ist

bootflüchtlinge

1979

wenn du eine sintflut zustande gebracht hast
warum o gott
versuchst du denn nicht endlich
einen feuersturm zu brauen
vielleicht kannst du
bevor sie alle absaufen
das meer verdampfen
und ihre dschunken
zu neuen inseln führen

dies wunder wäre leichter zu wirken
o herr
glaub mirs
als das andre
an dem du sinnlos herumbastelst
menschenherzen zu erweichen

reza pahlevi

1979

furchtbar ist dein antlitz götze
wie du es hebst nach der unterschrift
an deinen manikürten fingern klebt nichts ekles
und deine weiße hemdbrust
befleckt das blut nicht

furchtbar ist dein antlitz götze
wie du verbindlich lächelst im interview
kein hass verzerrt deine markanten züge
und die schmalen brauen deiner frau
zerreisst die wut nicht

furchtbar ist dein antlitz götze
wie du huldvoll nickst in die kamera
entspannt und entschlossen zugleich
aufrecht gemessnen schreitens
illustriertenfarben

furchtbar ist dein antlitz götze

spandau

1979

was soll die augenauswischerei
um den lahmen verkalkten
den ihr bewacht
mit millionenschwerem zeremoniell

lasst ihn doch nach hause gehen
das wäre kein akt christlichen verzeihens
das wäre nur konsequent
gegenüber all den
filbingers
und peters
und reders

und
freilich ohne den massstab aus den augen zu verlieren
gegenüber all den polizisten
mit den eingestellten verfahren

urlaub 1979 - warum nicht in vietnam

wir würden ja
gerne ans meer fahren
der alten sehnsucht nach freiheit
folgend
wenn nicht
das schwimmen so mühsam wäre
zwischen all den
toten vietnamesen

konzert für chile
für joan jara

1980

orpheus ist tot
trockenen auges
eurydike
mit den kindern
sie singt nicht
von seinen händen
von seiner stimme
von seinem blut
im sande des stadions
von santiago
ihre blicke
detonieren in den rängen

das publikum
applaudiert

kampflied für den frieden

1980

refrain: wir kämpfen für den frieden
wir kämpfen für den frieden
wir kämpfen kämpfen kämpfen
aber nur
für den frieden

wir versprühn insektizide
um gesundes obst zu ernten

wir kämpfen für den frieden ...

wir automatisieren die erzeugung
um die arbeitsplätze zu sichern

wir kämpfen für den frieden ...

wir müssen rigoroser durchgreifen
damit sich die demokratie entfalten kann

wir kämpfen für den frieden ...

wir schlagen unsre kinder
damit sie einmal glücklich werden

wir kämpfen für den frieden ...

wir tragen die neueste mode
um unsre individualität zu zeigen

wir kämpfen für den frieden ...

kein opfer ist uns zu gross
zur erfüllung unsrer bedürfnisse

wir kämpfen für den frieden ...

drei jahre nicaragua

1979

vorzeitig schneidest du deine wiesen
nicaragua
ihre blüte bleibt erwartung
die hippe fährt
in die kindheit des landes
mein ist das heu
spricht der herr somoza

1980

brach atmet dein boden
erschöpft
unter der stille des sommers
im ruinenschatten
lagern die hungernden
sie haben gekämpft
mit blossen händen
nun
müssen die wunden vernarben

1981

spät säst du den samen
voll vertrauen
in die furchen des herbstes
die sonne der freiheit
schenkt dir hoffnung
auf späte lese
wenn der spaten ermüdet sinkt
greifst du nach dem buche

basisgruppe friedensinitiative

1982

1

alle reden vom frieden
alle schreiben vom frieden
alle malen den frieden
alle spielen den frieden
mein frieden ist besser als deiner
mein frieden ist der beste von allen
mein frieden ist überhaupt der einzig wahre
wollt ihr den totalen frieden

2

individuelle standpunkte deklarieren
theoretische hintergründe klären
vorhandene differenzen zur sprache bringen
methodische schritte festlegen

während ihr
alles berücksichtigt
aber auch wirklich
alles
verfliegt die zeit
wir werden zu spät kommen

3

maul halten
wenn du angst vor unsrem mut hast
krümm dich meinetwegen
das bemerkt keiner
aber
ja kein laut
sonst
haun wir dich in die goschen
weil du störst
während wir doch
die theoretischen voraussetzungen schaffen
    für
    eine
    bessere
    welt

falkland

1982

was geht das eigentlich mich an hab ich gedacht
ich hab mir viel zu viele sorgen gemacht
jede nacht
hab ich dran gedacht
weil ich nicht schlafen kann
ich gehs jetzt anders an
ich such mir einen mann
für diese nacht
damit ichs vergessen kann
hab ich gedacht
und hab mir einen angelacht

aber dann
bin ich neben ihm gelegen
mit wirren haaren und feuchten händen
und konnte nicht schrein
sonst wär er aufgewacht
vielleicht hätt er mich ausgelacht
oder sich beschwert
dass er nicht schlafen kann

nein so was fang ich mir nicht mehr an
lieber bin ich allein
wenn es mich überkommt in der nacht
und die idee fällt mich an
mein sohn johann
wär ein afghane oder ein kurde oder ein iraker oder ein indio
oder oder oder

und sie hätten ihn umgebracht

flaggschiff belgrano

1982

hast du dir schon einmal vorgestellt
wie das aussieht
vierhundert nebeneinander
so
wie auf den werbefotos
für toupets und abmagerungskuren
vorhernachher

vorher
prahlendes lachen
winken in uniform
nachher
tote buben
ertrunken
zerfetzt
verbrannt

die neutronenbombe
oder
keiner redete in zungen
(aus dem pfingstevangelium, apg 2 $_{2,3}$)

1982

da entstand plötzlich
vom himmel her ein brausen
wie von einem daherfahrenden
gewaltigen wind

aber es waren nicht die zungen von feuer
und als sich zerteilte
was da kam
hatte es nichts zerstört
ausser dem leben

so
wurde die apokalypse verhindert

wie mörder werden

1982

ein letztes foto
vor dem fronteinsatz

blankgefegt
die jungen gesichter
das grauen abgewischt
starr
drückt das kinn auf die lippen
leere augen
weinen nicht

angst

1983

1

ihr lauscht dem leben
kinder
und hört doch nicht
was ich höre
ich schrei mein entsetzen
in mich hinein

ihr sollt nicht sehen
kinder
was ich sehe
ihr atmet und lacht
kinder
vertrauensvoll geht ihr ins eis

wie tobe ich gegen dich
tod
für euch
kinder
die ihr lacht
tobe ich

sind meine tränen
bomben?

2

nein
ich will nicht
ich will nicht mehr
von der freiheit singen
und vom frieden
ich will nicht mehr
immer und immer wieder
von der freiheit
und vom frieden
singen

müssen

NATO I

1983

schwesterstädte
liebt man und ehrt man
läuferstaffeln strahlen verschwitzt
aus den gazetten
bürgermeister mit gattinnen
tauschen weinflaschen aus
am ortseingang kündet die tafel
internationale verständigung

schwestern
hüten das leben

was verbindet
schwäbisch gmünd und comiso
männer
hüten raketen
und doch
sind das keine bruderstädte

brüderlichkeit
ist nicht das ziel

für meinen sohn

1983

1

ich glaube an dein leben
du wirst leben
ich glaube daran

warum kann ich nicht
einfach nur
mit dir leben
warum muss ich
so fest daran glauben

2

lass uns
den friedenskranz winden
und hoffen

lass uns vergessen
wo bei uns
die kränze zu finden sind

lass uns
vergessen was war

in europa lagern pro kopf der bevölkerung 60 tonnen TNT

1983

unter mir
zieht ein junges paar ein
aufrecht in der tür
steht die frau
vor ihr kniet der mann
horcht an ihrem gewölbten bauch
horcht mit händen und ohren
beide lächeln

wehe euch
bald schon wohnen unter mir
180 tonnen TNT

voyeur
für erich fried

1983

wie lang ist eine minute
was kann in ihr geschen
erleben wir es einmal
schauen wir zu
wie eine minute vergeht

lang ist eine minute
viel kann in ihr geschehn
was haben wir erlebt

30 kinder sind verhungert
um 25 millionen schilling
sind waffen erzeugt worden

wir haben zugesehn

1983

herr
nimm unsren bruder
deinen sohn johannes paul
zu dir
er hat sein werk erfüllt

wie hat er die hoffnung entflammt
dem geeinten volk
seiner heimat
solidarisch verkündend

herr
nimm deinen sohn zu dir
er kommt ja gern

der nächste papst
soll chilene sein

1984

milky way schmeckt
und macht nicht satt
strahlst du
mein fernsehkind

hirse
könnte mich sattmachen
träumst du
mein sahelkind

für die verbrannten dichter

1984

dieser blutige fleck
den du beklagst
ist die heimat

dieser blutige fleck
den ich beklag
ist die erde

du hast die heimat verlorn
von der lerche besungen
wo bleibt der lerche gesang
wenn die erde stirbt

manchmal blühen frühlingssträucher im oktober

1984

diese tote erde
spielt im oktober den frühling
so wie der weissdornstrauch
den die sonne irren lässt

diese tote erde
spielt ihre zukunft
aber die tat des dezembers
ist der jänner
und die zeit
ist eis

1984

gesehen im fernsehen
die kinder von saigon
in den straßen

gesehen im fernsehen
die foeten von saigon
in den gläsern

gewusst
mensch
du hast dich verwirkt

1985

was sind das für zeiten
sagt bertolt brecht
wo ein gespräch über bäume
fast ein verbrechen ist
weil es ein schweigen
über so viele untaten einschliesst

was sind das für zeiten
sage ich
wo ein wort von brecht
so hoffnungslos veraltet ist

wandeln auf waldespfaden
befangen in einem gespräch über bäume
ist politik in unserer zeit
und mancher
der sich davor fürchtet
führt lieber ein gespräch
über menschenrechte in fernen kontinenten

SDI

1985

wenn der herr mein hirt ist
dann soll er aufpassen
auf seinen hut
auf den braunen
auf den breitkrempigen
auf den hut aus filz
auf seinen hirtenhut

da gibt es leute
die machen sich einen spass draus
und schiessen da hinauf
und schiessen ihm
den hut vom kopf

den braunen
den breitkrempigen
den hut aus filz
den hirtenhut

und dann
ist es oben nacht
wass soll denn das
für ein vorbild sein

Intensivmedizin
für johannes XXIII. († 1963) und tito († 1980)

1985

es sprach der herr
kommt meine söhne kommt
das werk der tage war euch lang und schwer
und ihr habt viel geduld gehabt
nun könnt ihr ruhen
kommt zu mir

so machten sie sich auf den weg
ganz still und leicht
ornat und uniform warn schon vergessen

doch vor des weges letzter biegung
als schon der schein des lichtes auf sie fiel
da wurden sie gekidnappt

nicht eine wüste rohe rotte wars
die über sie hereinbrach
in weissen kitteln und gemessnen ganges
gepflegt steril war diese schar
statt der pistolen sah man nur kanülen

kein lösegeld war dieser meute ziel
sie wollten nur die macht
zu sagen

den
herr
behalten wir noch eine weile
den kriegst du nicht
noch nicht
da musst du warten
herr
bis wir ihn lassen

atomwalzer

1986

tschernobyl wackersdorf
tschernobyl wackersdorf
tschernobyl wackersdorf

das ist der rhythmus der angst

tschernobyl wackersdorf
tschernobyl wackersdorf
tschernobyl wackersdorf

daktylos sagen die klassisch gebildeten
hmtata sagen die heurigenmusiker

tschernobyl wackersdorf
tschernobyl wackersdorf
tschernobyl wackersdorf

angst

1986

K O Y A A N I S Q U A T S I

dioxin in den fischen
landsat und weizenpreis
arbeit wird mangelware
und
kein ozon über den polen
kein wasser für die tuaregs
keine pause für amnesty
und
landminen für zivilisten
die kinder auf dem parkplatz
spielen erschiessen

K O Y A A N I S Q U A T S I

nimm ein zeichenblatt
und eine zeichenmaschine
und eine schreibtischlampe
und einen weissen mantel
reissbrettwolf
plant uns
wohnt uns

K O Y A A N I S Q U A T S I

spielplätze
ordnung und lächeln
spielplätze
rasen und gerüste
spielplätze
ordnung und lächeln
ordnung und lächeln
ordnung und lächeln

K O Y A A N I S Q U A T S I

strom
wo immer dein licht hinfällt
wächst kein gras mehr
du
geboren
aus dem wasser
aus dem feuer
strom
ohne quelle
ohne mündung

K O Y A A N I S Q U A T S I

wie du
auf mich zustösst
bin ich schon tot gewesen
nie
hab ich den ort gesehen
aber schon
bin ich eingeplant
einbetoniert
ein pfeiler bin ich
ein tragendes element
aufstrebend gefesselt
stolz dienend
dem fortschritt

K O Y A A N I S Q U A T S I

nur das
einmal am tag
stillstehen
spüren
mein leben
mein sterben
atmen

K O Y A A N I S Q U A T S I

auf sand
haben wir gebaut
o wie schön ist der sand
wenn er fliegt
mit dem wind
frei
im himmel
wie bin ich froh
dass wir nicht
auf beton gebaut haben

K O Y A A N I S Q U A T S I

leb mein herz
leb was du kannst
frag nicht
nach moral oder geld oder tod
eins gibt es nicht
eins gibt es
eins wird es geben
frag nicht lang
leb
jetzt
ach was
verantwortungsbewusstzukunftweisendbedeutsam
leb doch endlich
merkst du denn nicht
du hast keine zeit mehr

K O Y A A N I S Q U A T S I

bericht aus einem bürgerkriegsgebiet

1988

ich   und er sah dass es gut war
er   du lästerst gott
ich   so
das müsst er schon aushalten
so sensibel kann er doch nicht sein
ich kenne ihn nämlich
der ist fleisch geworden alle tage bei zeit im bild
verbranntes zerfetztes fleisch
vergiftetes verhungertes fleisch
da hält er ziemlich viel aus
und so ein zitat soll ihn aus den socken kippen
dass ich nicht lache
und er sah dass es gut war
wird man doch noch sagen dürfen
hat er ja selbst autorisiert

naja vielleicht findet er das wirklich gut
es gibt ja auch menschen mit seltsamem humor
die behinderte nachäffen
die witze über frauen und neger machen
hahaha war das toll
aber zu denen darfst du ja nichts sagen
nanana oder so
das weisen sie zurück
da schlagen sie zurück
die sind nämlich sensibel

vielleicht ist er auch so einer
dann verletzt ihn das natürlich
mein zynisches gehabe
dann fühlt er sich gelästert

aber ist er so einer?

1988

ich differenziere nicht
ein volk stöhnt
oder ein kind stöhnt
quantität ist für mich kein argument
ich sorge dafür
dass ihr stöhnen laut wird
immer lauter
alle sollen es hören
das stöhnen der kinder
das stöhnen der völker

1989

gefallen sein
ist heroisch
eignet sich für
monumente und aufmärsche
gedächtnismessen und bekenntnisse
fahnen und mehrstimmige männergesänge

fallen
ist etwas ganz anderes
das blut stockt rasch
urin und kot bleiben länger frisch
das widerlichste sind die fliegen
und der gestank
natürlich

das
gibt zum feiern nichts her

aufstand in auschwitz
am 7. oktober 1944

1989

sie stehen auf

alte reichgewesene
und alte armgewesene
und junge
und ganz junge

sie stehen auf

juden die schon resigniert haben
zigeuner die nichts als leben wollen
triumphierende kommunisten
viele die es nicht glauben wollten
gläubige die es geahnt haben

sie stehen auf

in ihrer ohnmacht
stehen sie
zitternd und schwankend
aber sie stehen
und fallen

das ende der DDR

1989

wir sind das volk
wir sind es
wir

eure knüppel
eure wasserwerfer
euer tränengas
treffen uns
schüren unsre verbitterung
lassen uns lauter rufen

wir sind das volk
wir sind es
wir

eure zeitungen
eure bildberichte
eure korrespondenten
helfen uns
schüren unsren mut
lassen uns lauter rufen

wir sind das volk
wir sind es
wir

eure autos
eure schaufenster
euer werbefernsehen
locken uns
schüren unser verlangen
lassen uns lauter rufen

wir sind das volk
wir sind es
wir

eure kredite
eure joint ventures
euer technologietransfer
blenden uns
schüren unsre gier
lassen uns lauter rufen

wir sind das volk
wir sind es
wir

und nicht diese polacken
und nicht diese schlitzaugen
und nicht diese neger
die reizen uns
die schüren unsren ekel
die lassen uns lauter rufen

wir sind das volk
wir sind es
wir

und nicht diese bücherfritzen
und nicht diese zahnlosen zauderer
und nicht diese wiedervereinigungsgegner
die stinken uns an
die schüren unsren hass
die lassen uns lauter rufen

wir sind das volk
wir sind das volk
wir sind das volk

israelische soldaten verhaften ein palästinensermädchen
zeit im bild am karfreitag 1989

du bist nicht schön

fatima

nicht die dunkel verlockende
nicht die geheimnisvoll wehende
flitter und schleier
umhüllen dich nicht

fatima

du bist klein und dick
trägst ein männerhemd und jeans

fatima

die männer
singen nicht am lagerfeuer
von deinem haar
von deinen hüften
von deiner goldenen haut

fatima

von deinen fünfzehn jahren
kündet kein männerlied
dein haar
deine hüften
deine goldene haut
sind voll staub und blut

fatima

sie treten dich mit ihren stiefeln
sie schlagen dich mit ihren waffen
die männer
du schreist

fatima

du bist nicht schön
dein lied
singt kein mann

fatima

1989

mein hund ist ein wildes tier

wenn mich die nachbarin anschreit
stellt er die haare auf
wenn mir der wirt die hand auf den schenkel legt
fletscht er die zähne
wenn der vertreter einen fuss in die tür stellt
schnappt er danach

der mensch ist das ebenbild gottes

wenn bürger freiheit rufen
oder gerechtigkeit
oder frieden
treten wasserwerfer in aktion
detonieren tränengasbomben
sausen gummiknüpppel
manchmal
fahren panzer auf
knattern maschinengewehre
besonders
wenn die bürger jung sind

palästina

1989

gesegnetes land
verfluchtes land
aufprallend im sonnenglanz
trifft dich das WORT
zur freude der fliegen

das blut rinnt
über steine und stiefel
steine von kindern in lumpen
stiefel von männern in uniform
blut von kindern
zur freude der fliegen

seht seht
spricht der philosoph
und die mutter verhüllt sich
in zorn und trauer
seht seht
spricht der minister
und die geliebte verblutet
zur freude der fliegen

seht seht
spricht der journalist
all das blut
so viel blut
zur freude der fliegen

gesegnetes land
verfluchtes land

ruhigstellen

1989

steine werfende kinder
mit stahlmantelgeschossen

gräber hütende juden
mit gewerkschafterfäusten

feministische gläubige
mit kirchlichen erlässen

bürgerinitiativen
mit politikerversprechen

verzweifelte
mit vernunftgründen

menschen
mit sachzwängen

die erde
mit technischen hilfsmitteln

1990

wo immer ich
entgegengesetzter meinung war
ziehe ich
mit dem ausdruck des bedauerns
alle meine behauptungen zurück

das weltgericht
für zivilisationsrechtsverfahrensfragen
hat entschieden
dass aussagen wie die genannten
über bloss mit den sinnesorganen
aufgenommene beobachtungen
ohne wissenschaftlich-theoretische untermauerung
ohne nachweis eines kausalen zusammenhanges
ohne gleichzeitig erfolgende dokumentation
ohne international abgesicherte vergleichswerte
unerheblich
subjektiv
ja irreführend und daher gefährlich
sind

unbeschadet
eines allfälligen
weltunterganges

fussball WM '90

so haben die werwölfe
wieder die werwölfe
heulend
unter bengalischem feuer
unter schweiss und tränen
unter blut und dreck
verzückt
verzweifelt
die werwölfe
so haben die werwölfe
wieder die werwölfe
auch hier wieder die werwölfe
so haben sie
immer sie
immer wieder sie
heulend
die werwölfe
wieder sie

pu yi

1990

es ist nicht mehr deine zeit

es ist die zeit derer
die lachen
nicht lächeln
die marschieren
nicht schauen
die schlagen
nicht hören
die schiessen
nicht reden

es ist nicht mehr deine zeit

1991

dass kein gras mehr wächst
wo ein stiefel hintritt
ist ein märchen
erfunden von stiefelträgern

wo ein stiefel steht
kann kein gras wachsen
aber
in dem stiefel steckt ein fuss
der muss weiter
und das gras
spriesst wieder
und lacht
über parabeln
von stiefeln

1992

in den historischen dokumenten
fehlt immer die mitte
alle exzesse sind archiviert
und aus den tiefen
sprudelt die lyrik

das
was halt so geschieht
untertags
interessiert das keinen?

filmaufnahmen mit farbigen statisten

1992

die massenszenen
sind wie ein schachbrett konstruiert
aber abends in der bar
bleiben die weißen karos
unter sich

rostock

1992

kristall und flammen
und ein volk
applaudiert

november ist
im august

sarajewo

1992

meine nackten arme
strecke ich über die grenze

david wo bist du

unter der blauen plane
versteckt sich goliath
mit seinen aktenmappen
und trägt kreuze ein
in die listen

tribe
nach august stramm: "Trieb"

1992

grölen greifen
pöbeln sudeln
dreschen schänden
sengen
wohin?

kriechen heulen
keuchen wimmern
zittern schleppen
weg!

wandern stolpern
hoffen flehen
decken schützen
hier!

grölen greifen
pöbeln sudeln
dreschen schänden
sengen
wohin?

1994

und wo das tier
seine spur tritt
fahnden sie
nach den anfängen

immer noch
beschwören sie
wehret

aber die anfänge
sind längst gestorben
zertreten
das tier
hat sie zertreten

es tritt
und tritt
seine spur

1994

verhängte das kriegsrecht
mit schwarzen tüchern
die freude

mit bunten tüchern
verhänge das kriegsrecht
der friede

landminen
für ben okri

1995

herübergeflogen
aus dem geisterreich
    komm wieder
    komm wieder

herübergeflogen
in die welt der menschen
erfahren wollen
wie nüsse schmecken
wie schweiss riecht
    komm wieder
    komm wieder

erleben wollen
schlamm zwischen den zehen
die spiele der eidechsen
    komm wieder
    komm wieder

hören
eine detonation
    komm wieder
    komm

pressefoto

1995

die kurzen stöckel ihrer hellen pumps
verjüngen sich nach unten
fersen und ballen rundlich ausgebuchtet
ein hoher rist
vielleicht ein wenig aufgeschwemmt
auch um die knöchel breit
die starken waden nur im ansatz

die frau ist füllig
nicht mehr jung
nicht reich
sie muss viel stehen

mag sein heut ist ihr freier tag
sie hat sich schön gemacht
wollt vormittags ein wenig bummeln
ein sommerkleid und eine bluse kaufen
sie hat die große ledertasche mit

sonst sieht man nichts
es wäre auch kein schöner anblick
ein bogen packpapier bedeckt
was die rakete übrigliess
in zagreb
mitten in der stadt
dienstag den zweiten mai
tausendneunhundertfünfundneunzig

krumau, januar 1996

unvermutet
fällt mit rotierendem gelblicht
und schrägen kappen
äußerste gegenwart in die kleinstadtidylle
IFOR
ein wort das der erde neu
trägt es
hoffnung
angst
frieden
gewalt?

lässigen hüftschwungs
junge uniformierte
in den gassen

böhmische geschichte

1996

deutschböhme
hat er gehen müssen
wie sie alle

sich drüben
eine existenz begründet
wie so viele

sie gestattet ihm
die letzten jahre
im land der väter zu verbringen

ich rufe an
eine freundliche dame
sagt in bemühtem deutsch
der herr professor
ist erst nächste woche zu erreichen
er ist derzeit
daheim in deutschland

die einteilung der welt
für ernst weiß

1996

ein guter
ist ein guter
das sieht man ihm an

ein schlechter
ist ein schlechter
das sieht man ihm an

der schlächter
sieht aus
wie ein guter

darlegungen

1996

es war naheliegend
sie sind herangetreten
sie haben nahegelegt
angelegentlich
sind sie näher getreten
und haben gelegentlich
getreten

tschernobyl 1996

roter hahn
roter hahn
flattern und kreischen
federn verschütteln
alles normal normal alles unter kontrolle

roter hahn
roter hahn
flattern und kreischen
federn verschütteln
wahrscheinlich haben die thermometer thermometer nicht funktioniert

roter hahn
roter hahn
flattern und kreischen
federn verschütteln
stein und bein wie sie fahren fahren aus dem kamin

roter hahn
roter hahn
flattern und kreischen
federn verschütteln
diesmal russen und reussen reussen und alle andern

roter hahn
roter hahn
flattern und kreischen
federn verschütteln
spielt keine rolle keine rolle mehr

aus dem petrovicer regenbogen

1996

für harry den jüdischen emigranten

in deine zeit
extrapoliert
gibt es
nicht mich
nur schmerz
aber
die erlaubnis zu leiden
ward mir
nicht erteilt

für tomislav den serben

hubschrauber und heuschrecken
flammendes begehren
und brennende dörfer
beharrlich singst du
das halleluja der sinne
über den ruinen
der zukunft

NATO II

1996

lasset nicht die waffen rosten
niemals darf der westen rasten
ohne rasten sollt ihr rüsten
bis auf den verrussten resten
rassige obristen rösten

völkerrecht

1996

wir hätten ihnen ja
offiziell den krieg erklärt
aber sie sind zu primitiv
um ihn zu verstehen

nach der veranstaltung zugunsten der hinterbliebenen von oberwart

1997

nächtelang
hab ich von springerstiefeln
und glatzen geträumt
von glasscherben und flammen
von angst und blut

nichts dergleichen

bin ich paranoid
oder
haben wir nur glück gehabt

amsterdam rio denver

1997

selten so gelacht
was habt ihr dort eigentlich gemacht
ist jetzt die welt
nur mehr für euch hingestellt
nur mehr für euch geschaffen
ihr laffen
wir hören gebannt
ihr habt die probleme erkannt
und was weiter - eine deklaration
da haben wir was davon

diana

1997

es
hätte nicht passieren dürfen
sie
hätte sich nicht entziehen dürfen
es
hätte sich nicht überschlagen dürfen
er
hätte sich nicht betrinken dürfen
sie
hätten sich nicht an sie heften dürfen
wir
hätten uns nicht begeilen dürfen

cavalese

1998

jaja
der krieg fordert opfer

kinder
von minen zerfetzt
frauen
in bordelle verschleppt
alte
bei der heimkehr erschlagen
skifahrer
durch ein unseliges zusammentreffen

seid getrost
die konferenzen
gehen weiter

und wieder cavalese

1998

1

silberner tag
noch pocht es
die haut heiß
glücksrunen eingebrannt

silberner blitz
rote zeichen
im schnee

2

alle
voll des entsetzens
aber keiner
erinnert sich

cavalese
wisst ihr nicht mehr

morgen
habt ihr cavalese schon wieder vergessen

3

und wieder
cavalese
und wieder
hey wie toll
und wieder
scheiss i mi
in english
in italiano
und wieder
die letzte fahrt
hey wie toll
und scheiss i mi
und
dann

4

zurück
an den ort
blut
gekehrt
zurück
und wieder
blut
und wieder
die andern

gebranntes wort
für iutta waloschek

1998

1945

mein wortschatten
kreist von tag zu tag
eingebrannt
dem gewissen der erde
an kahler erinnrung festgeflogen
schmerzentkleidet
im bombenlicht

1995

siehe die schrift an der wand
menetekel sind lesbar
wenn die kreuze
den haken auch linksherum drehen
fanale
beginnen mit glosen

die vermittler

1998

sie
kreuzen den himmel
von west nach ost
und zurück
wieder (wider)
seltsame zugvögel
falken tauben
federn
schwanken herab

exilanten
für wole soyinka

1998

gangway der wiederkehr
ins gehilfenland
toten schlächters vermächtnis

angstgetränkt
boden des herzens
aber vielleicht

wahlkampf

1999

die gedanken
fertig gehauen
ausgelöst
abgeschliffen
poliert
jeder
ein ausstellungsstück

interessenten
vor dem schaufenster
warten
auf den abverkauf

INHALT

Diese sowie weitere Bücher unter dem früheren Namen der Autorin Gertraud Schleichert sind im Buchhandel und direkt beimVerlag EDITION DOPPELPUNKT, 1020 Wien, Engerthstraße 195/4/33, Tel. u. Fax: 01-726 26 44, erhältlich oder können unter e-mail poesie@magnet.at bestellt werden.